Analyse de l'œuvre

Par Kelly Carrein

La Ballade de Lila K

de Blandine Le Callet

lePetitLittéraire.fr

Analyse de l'œuvre

Par Kelly Carrein

La Ballade de Lila K

de Blandine Le Callet

lePetitLittéraire.fr

Rendez-vous sur lepetitlitteraire.fr et découvrez :

Plus de 1200 analyses
Claires et synthétiques
Téléchargeables en 30 secondes
À imprimer chez soi

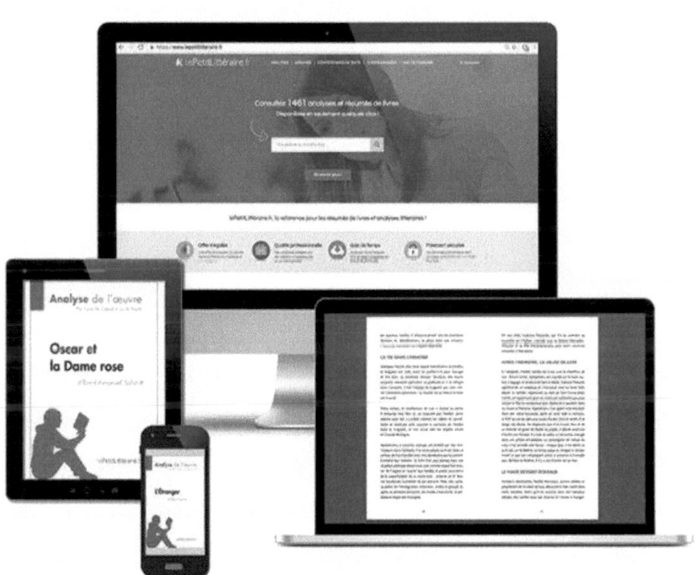

BLANDINE LE CALLET

ÉCRIVAIN FRANÇAIS

- **Née en 1969 en France**
- **Quelques-unes de ses œuvres** :
  - *Rome et ses montres* (2005), essai
  - *Une pièce montée* (2006), roman
  - *Dix rêves de pierre* (2013), recueil de nouvelles

Agrégée en Lettres classiques, Blandine Le Callet enseigne le latin et la culture antique à l'Université Paris-Est Créteil. Férue de littérature, d'histoire et de philosophie, elle conduit des recherches au sujet du concept de monstruosité dans la période antique.

Son premier roman, *Une pièce montée* (2006) connait un grand succès : il s'écoule à 300 000 exemplaires et lui permet notamment de décrocher le prix des Lecteurs du Livre de Poche en 2007, récompense qu'elle obtient à nouveau pour *La Ballade de Lika K* en 2012.

En parallèle à son activité de romancière, elle exploite sa passion pour l'Antiquité en travaillant sur des traductions de Sénèque (philosophe et dramaturge romain du Ier siècle) et sur des ouvrages de vulgarisation : elle collabore avec l'illustratrice Nancy Peña pour la bande dessinée *Médée* (les trois premiers tomes ont été publiés entre 2013 et 2016) et vient de publier une encyclopédie relative à la représentation de l'Antiquité dans l'univers de Harry Potter (*Le monde antique de Harry Potter*, 2018).

LA BALLADE DE LILA K

UN ROMAN D'ANTICIPATION AUX ACCENTS ORWELLIENS

- **Genre** : roman
- **Édition de référence** : *La Ballade de Lila K*, Stock, 2010, 355 p.
- **1ʳᵉ édition** : 2010
- **Thématiques** : roman d'anticipation, dystopie, roman psychologique, lien mère-fille, surveillance, société oppressive

À l'âge de six ans, Lila est brutalement arrachée à sa mère par des hommes en noir qui pénètrent dans leur appartement. Ils la conduisent au Centre, un établissement très strict où elle reste sous stricte surveillance jusqu'à sa majorité. Observée en permanence, la jeune fille se lie d'amitié avec son tuteur, M. Kauffmann, qui promet de l'aider à réaliser son rêve de trouver sa mère. Au fil du roman, Lila rencontre plusieurs personnages qui l'assistent dans sa quête, parfois en défiant les lois très strictes de la société.

Roman d'anticipation qui se passe au tout début du XXIIe siècle, *La Ballade de Lila K* montre les travers dans lesquels notre société pourrait tomber dans le futur. Il est récompensé en 2011 du prix Sony du livre numérique et du prix Culture et Bibliothèques pour tous, en 2012 du prix des lecteurs du Livre de poche et du prix des lectrices Terrafemina.

RÉSUMÉ

UNE ENFANCE SOUS SURVEILLANCE

Un jour, des hommes en noir surgissent dans l'appartement de Lila, six ans, et de sa mère. Ils arrêtent la mère et envoient Lila au Centre, un établissement où, sous le prétexte de la garder en sécurité, elle est attachée sur son lit, nourrie de force et lourdement médicamentée. Affaiblie par ce traitement quotidien, sa mémoire se brouille et les souvenirs de sa mère finissent par s'effacer (« Mon ange s'est envolé chaque jour un peu plus haut », p. 17). Au fil des mois, la petite fille finit par s'habituer à son supplice quotidien et ne proteste plus.

La jeune Lila, traumatisée, doit également réapprendre à parler et à marcher. Asociale, elle est gardée à l'écart des autres pensionnaires, car ceux-ci lui inspirent une peur panique : « Je le savais, j'en étais sûre : je n'arriverais pas à vivre au milieu d'eux ; j'étais trop différente, et surtout incapable de supporter les bruits » (p. 22). Un jour, dans le dessein de la socialiser, les employés du Centre la placent dans une pièce avec cinq enfants du même âge, qui l'agressent. Suite à cet incident, elle demande à être éloignée des autres de façon permanente. Les tests menés par le Centre venant de montrer qu'elle est surdouée, sa requête est acceptée.

Un thérapeute, M. Kauffmann, est assigné au cas de Lila. C'est la première personne à qui l'enfant fait confiance. Tous les matins, il passe deux heures avec elle pour converser ou lui jouer de la musique. Cette relation salvatrice permet à la petite fille de mieux supporter l'enfermement. Après dix-huit mois et des progrès indéniables, le thérapeute décide d'amener Lila se promener dans la cour du bâtiment : elle n'apprécie pas d'entendre les autres au loin, mais se plie à la demande. Elle profite de l'occasion pour demander à son tuteur ce qu'il est advenu de sa mère ; tout ce qu'il sait, c'est qu'elle a été déchue de ses droits maternels, mais il promet de l'aider à la retrouver dès qu'elle sera sortie du Centre.

Il lui fait également découvrir le livre papier. Lila ignore de quoi il s'agit : à la fin du XXIe siècle, les livres ont été remplacés par des « grammabooks » (un écran où apparait un contenu présélectionné) et interdits par le Ministère, car jugés nocifs. Kauffmann démontre à Lila que ce n'est pas le cas et la jeune fille développe ainsi une véritable passion pour la littérature.

Après trois ans de ce régime, un second tuteur, Fernand, est désigné pour épauler Kauffmann, car celui-ci est critiqué et soumis à une enquête par la Commission, qui ne soutient pas ses méthodes éducatives. Au début, Lila rejette Fernand, car sa présence la prive de la compagnie de Kauffmann. Cependant, avec le temps, leur relation s'épanouit. Mis à mal par les autorités, Kauffmann sombre dans l'alcool et est démis de ses fonctions peu avant le douzième anniversaire de Lila. Il est ensuite arrêté et accusé de détournement d'argent, de trafic de drogue et de faits de mœurs. Il meurt quelques jours plus tard et Fernand devient le tuteur unique de Lila.

Un dimanche matin, il offre à l'adolescente sa première sortie depuis son arrivée au Centre : dans le but de reprendre son processus de socialisation, il la conduit chez lui pour déjeuner avec son épouse, Lucienne. Si la jeune fille se montre d'abord réticente, voire apeurée, la sortie se passe bien et devient un divertissement quotidien. Un jour, alors que Fernand nourrit son chat, Lila comprend que sa mère la nourrissait de pâtée pour chat lorsqu'elle était petite : émue face à ce souvenir, elle vole une boite pour la manger le soir même ; elle rêve alors de sa mère, ce qui la conduit à voler plusieurs boites lors de ses visites chez Fernand, afin de réitérer l'expérience.

LA LOI DU PARAITRE

Alors que Lila est âgée de quinze ans, Fernand commence à la préparer à l'examen qu'elle doit passer à sa majorité : cet examen doit déterminer si elle est apte à quitter le Centre et à rejoindre la société active. Pour ce faire, il souhaite la rendre plus banale, à l'inverse de Kauffmann qui s'efforçait au contraire de cultiver ses excentricités. L'adolescente consent ainsi à de nombreux sacrifices et parvient à intégrer toutes les normes de société actuelle : elle cache par exemple son amour pour le livre papier en public.

Cinq ans après sa mort, Kauffmann apparait à Lila, alors âgée de dix-sept ans. Elle l'accuse de ne pas avoir respecté sa promesse de l'aider à retrouver sa mère ; il répond qu'il lui a donné tout ce qu'il lui fallait pour l'aider, et que c'est à elle de faire le nécessaire. Elle découvre un message codé en latin dans le dictionnaire qu'il lui a offert peu avant sa mort. Après de longues recherches, elle le décode et comprend que Kauffmann l'incite à rejoindre la Grande Bibliothèque afin d'en apprendre plus sur sa mère.

Lila réussit brillamment ses examens académiques et ses tests d'aptitude sociologique. Elle ne veut pas faire d'études supérieures, comme on le lui suggère en raison de ses capacités intellectuelles, mais veut travailler à la Grande Bibliothèque. Mécontente, la Commission accepte tout de même sa demande et lui permet de consulter son dossier. Elle découvre qu'elle est née dans la Zone (un lieu mystérieux dont les entrées et sorties sont scrupuleusement contrôlées à la frontière). Elle trouve également des photos d'elle prises lors de son arrivée au Centre : malade, blessée, elle a visiblement été maltraitée, mais refuse de croire sa mère responsable.

Lila commence son travail à la Grande Bibliothèque : elle doit numériser des journaux, une tâche simplissime qui demande de la minutie. Au fil du temps, elle s'habitue à son travail, mais évite systématiquement ses collègues, car ses tendances asociales persistent. Elle se lie cependant d'amitié avec Justinien, un magasinier au visage tuméfié. Elle fait des recherches et découvre que la bibliothèque contient des articles écrits au sujet de sa mère, auxquels elle ne peut cependant accéder, car ils ne sont pas numérisés. D'abord réticent, Justinien brave l'interdit et lui fournit les documents. Lila apprend alors qu'elle a été retirée à sa mère, car elle la séquestrait dans un placard. Suite à son procès, elle a été déchue de ses droits et condamnée à seize ans de prison pour maltraitance. Sa peine courant toujours, Lila veut la rejoindre dans la Zone.

Après un an de travail à la bibliothèque, Lila rencontre Milo Templeton, le directeur de la section de numérisation. Elle est attirée par lui, mais le fuit. Un jour, il lui montre un livre rapporté d'une de ses missions dans la Zone et lui apprend qu'on lit toujours des livres papier là-bas. Justinien fait une crise de jalousie en les voyant en pleine discussion et tente d'embrasser Lila, qui le repousse. Le lendemain, il est retrouvé mort. Lila découvre alors qu'elle s'était liée d'amitié avec une chimère, c'est-à-dire un androïde aux réactions et sentiments humains.

Sous le choc du décès de son ami, la jeune femme tombe malade et doit arrêter de travailler. Milo lui rend visite et ils se promènent ensemble : il annonce être au courant des articles qu'elle a lus illégalement et vouloir la protéger d'éventuelles poursuites. Cette entrevue donne à Lila l'envie de se promener en ville, et elle commence à se promener seule quotidiennement, ce qui constitue sa première véritable expérience de liberté.

À LA RECHERCHE DE MOÏRA STEINER

Quatre jours après cette promenade, Lila décide de se rendre à la prison de la Zone pour voir sa mère, mais elle apprend qu'elle est morte. Sous le choc, elle attaque et tue un androïde qui travaille à la prison, consomme trop d'anxiolytiques et se réveille dans un hôpital psychiatrique, car on la soupçonne d'avoir fait une tentative de suicide. Pendant son séjour à l'hôpital, seuls Fernand et Milo lui rendent visite. Méfiant vis-à-vis de Milo, Fernand propose à Lila de témoigner pour lui permettre de quitter l'hôpital, à la condition qu'elle quitte son emploi et ne revoit jamais Milo. À contrecœur, elle accepte.

Après six semaines d'internement, Lila peut rejoindre son appartement, mais est toujours sous suivi psychiatrique. Elle reçoit un message l'invitant à rejoindre Milo en secret. Elle apprend qu'il est sous le coup d'une enquête suite à ses nombreuses missions dans la Zone, mais il tenait à la voir et lui donner le dossier de sa mère. Ils s'embrassent : pour la première fois, Lila aime être touchée par un autre être humain. Le lendemain, Milo est arrêté. Interrogée, Lila reste muette. Un réseau de contournement de la censure par le biais de scans clandestins est démantelé dans la Grande Bibliothèque et Milo est considéré comme le chef présumé. La jeune femme ne découvrira jamais ce qui lui est arrivé.

En parallèle à l'enquête, Lila entreprend la lecture du dossier de sa mère. Elle apprend que celle-ci était heureuse de devenir mère. Suite à des émeutes dans la Zone, elles ont dû déménager dans un district pauvre. Ruinée, Moïra est tombée dans la drogue et a perdu son emploi. Entrée dans la clandestinité, elle se prostitue chez elle et enferme Lila dans un placard pour ne pas qu'elle le voie. Mais un jour, la petite fille quitte le placard lorsque sa mère est avec un client, la croyant en danger et voulant la protéger. Le jour suivant est celui où elle est arrachée à sa mère et conduite au Centre. Moïra, quant à elle, meurt en prison des suites d'un arrêt cardiaque avant la sortie du Centre de sa fille. Pour faire son deuil, Lila se rend sur la tombe de sa mère. Elle comprend alors que si son désir de retrouver sa mère avait jusque-là guider sa vie, la vie mérite malgré tout d'être vécue.

ÉTUDE DES PERSONNAGES

LILA K

Narratrice du roman, Lila est une jeune femme qui a grandi enfermée au Centre de ses six ans à ses dix-huit ans. La quasi-totalité de sa vie se passe sous surveillance rapprochée, et ce n'est qu'à l'âge de vingt ans qu'elle découvre le plaisir de se promener seule.

« *Atypique* » (p. 210), Lila présente un caractère complexe, forgé par les traumatismes de son enfance. « Forte » et « volontaire » (p. 149) elle est prête à tout pour arriver à ses fins, même si cela implique de dissimuler son caractère exceptionnel pour se fondre dans la masse. Les maltraitances qu'elle a subies, tant avec sa mère qu'au Centre, lui ont appris à se forger une carapace et à dissimuler qui elle est vraiment : elle se persuade qu'être nourrie de force ne l'atteint pas, elle prétend être banale pour être autorisée à quitter le Centre, etc. Décrite comme une « *beauté* » (p. 173) à son arrivée à la Grande Bibliothèque, elle suscite l'admiration des personnes qu'elle rencontre, ce qui la pousse à dissimuler son physique attrayant sous des vêtements austères. Asociale, elle développe non seulement une véritable aversion aux bruits produits par ses compagnons du centre, mais aussi au contact physique, y compris le plus anodin comme une poignée de main.

Sa vie entière est guidée par son désir de retrouver sa mère, à qui elle a été arrachée violemment à l'âge de six ans. Lorsqu'elle découvre que celle-ci est décédée, elle perd son unique but, l'idée à laquelle elle s'est raccrochée pendant une bonne partie de sa vie. Cependant, sa résilience lui permet de réaliser que la vie vaut la peine d'être vécue, même sans un objectif défini, et même sans sa mère, qu'elle aurait tant aimé avoir à ses côtés.

M. KAUFFMANN

Kauffmann est un thérapeute de renom, « grand spécialiste des enfants déglingués » (p. 33) qui se penche sur le cas de Lila. Là où d'autres spécialistes ont échoué, il noue un lien sincère avec la jeune fille, qu'il apprivoise lors de conversations quotidiennes. Il représente une figure paternaliste, qui place le bien de Lila au centre de ses préoccupations, même s'il lui faut brusquer la jeune fille, par exemple en la forçant à se promener avec lui dans la cour du Centre.

Physiquement, il est décrit comme un personnage gros et coloré, en totale opposition avec la société grise et terne dans laquelle se déroule l'intrigue. Entièrement dévoué à Lila, il est prêt à contourner les règles (notamment en lui offrant des livres papier, ce qui est interdit par la loi) et à se mettre en danger s'il l'estime bénéfique pour elle.

Après sa mort, il apparait à plusieurs reprises en rêve à Lila, et, lors de ces rencontres, il joue à nouveau son rôle de protecteur et de mentor à des moments importants de la vie de la jeune fille.

FERNAND

Par opposition à l'exubérant Monsieur Kauffmann, Fernand est présenté comme beau, patient, gentil et discret. Initialement rejeté par Lila, il poursuit ses activités de tuteur et finit par gagner sa confiance, voire son amitié. Suite au départ de Lucienne, sa femme, Fernand se montre bouleversé et inconsolable ; il conserve notamment son appartement dans l'état où elle l'a laissé, comme si elle pourrait revenir à n'importe quel moment.

Tout au long du roman, il entretient une véritable affection fraternelle pour Lila, et ne recherche que son bien. Il joue un rôle de conseiller, aiguillant la jeune fille dans les étapes-clés de sa vie. Cependant, il y a toujours une certaine forme de distance entre eux deux, symbolisée par le vouvoiement respectueux de Lila pour son tuteur.

LUCIENNE

L'épouse de Fernand présente plusieurs points communs avec Lila : elle aussi a été une patiente du Centre, et plus précisément du docteur Kauffmann. Lorsqu'elle rencontre Lila, elle a l'air maladif et peine à se nourrir, mais le contact avec la jeune fille lui redonne peu à peu goût à la vie.

Lorsqu'elle obtient enfin l'autorisation et que son implant contraceptif obligatoire lui est retiré, elle tombe enceinte et se métamorphose. Plus que tout, elle désire devenir mère. Cependant, il est découvert que le fœtus souffre de la maladie d'Huntington et la société veut la forcer à interrompre la grossesse. Pour sauver son bébé, elle disparait dans la Zone et est internée là-bas. Malgré les supplications de Fernand, elle refuse de revenir et demande le divorce. Elle ne reverra ni Fernand, ni Lila.

Dans le roman, Lucienne apparait comme la première relation amicale de Lila. Son départ déchirant fait à la jeune fille l'effet d'une nouvelle perte, après celles de sa mère et de Kauffmann.

JUSTINIEN

Surnommé Scarface par ses collègues à cause de son visage porteur de nombreuses cicatrices, Justinien effraie Lila lors de leur première rencontre. Cependant, ils se lient d'amitié et se confient l'un à l'autre, à tel point qu'il tombe sous le charme de la jeune femme. Un peu simplet et de nature stressée, il se blesse sans même s'en rendre compte.

Sa crise de jalousie face à Milo et Lila entraine sa mort. C'est à ce moment que Lila découvre qu'il n'était pas humain, comme elle l'avait pensé depuis leur rencontre, mais une chimère, c'est-à-dire un robot à l'aspect humain, capable de sentiments.

MILO TEMPLETON

La figure de Milo Templeton, directeur du service de numérisation de la Grande Bibliothèque, est tout d'abord présentée comme mystérieuse : pendant sa première année de travail, Lila entend uniquement des bruits de couloir à son sujet, mais ne le rencontre pas, car il est en mission dans la Zone. À son retour, elle découvre un jeune homme de trente-cinq ans, au visage marqué prématurément. Attirée, elle fuit d'abord sa gentillesse et ses intentions.

Au sein du roman, il symbolise la première personne pour laquelle Lila développe des sentiments amoureux, elle qui est effrayée par toute forme de contact humain. Prêt à risquer la prison, il joue un rôle central dans le dénouement de l'intrigue, car il lui procure le dossier de sa mère, et les informations qu'elle a recherchées pendant presque toute sa vie.

MOÏRA STEINER

C'est à la toute fin du roman que le nom de la « mère » est révélé, ainsi que son histoire. Enfant trouvée, elle est envoyée, comme Lila, dans un Centre. Elle n'apprend sa grossesse qu'après six mois, car elle n'avait aucun symptôme physique. Au début heureuse d'accueillir un enfant, elle achète des vêtements et des produits hors de prix. Ruinée suite aux émeutes de 2091 dans la Zone, elle sombre dans la pauvreté et les drogues et est contrainte de se prostituer. Même si de nombreux passages laissent à penser qu'elle était une mère indigne, elle éprouve un véritable amour pour Lila, qu'elle cherche à protéger à tout prix.

CLÉS DE LECTURE

LE ROMAN D'ANTICIPATION DYSTOPIQUE

La question du genre

En plaçant l'intrigue dans un futur proche (la fin du XXIe siècle et le début du XXIIe siècle), Blandine Le Callet propose un roman d'anticipation. Ce genre littéraire décrit le monde tel qu'il pourrait être dans un futur plus ou moins lointain (parfois défini à quelques dizaines d'années, parfois placé à plusieurs siècles de distance). Pour construire son univers, l'auteur se base traditionnellement sur des observations du monde qui lui est contemporain et imagine comment celui-ci pourrait évoluer par le biais d'extrapolations.

Un roman d'anticipation peut être rattaché à la science-fiction (genre narratif généralement basé sur l'exploitation de progrès scientifiques et techniques fictionnels dans un futur plus ou moins proche), mais cela n'est pas systématique. Comme dans *La Ballade de Lila K*, certains romans d'anticipation décrivent bel et bien une société futuriste basée sur une exagération de la société actuelle, mais ne font aucune référence aux évolutions techniques et scientifiques, se détachant alors du genre de la science-fiction. Il existe donc des récits d'anticipation qui ne sont pas de la science-fiction et des récits de science-fiction qui ne relèvent pas de l'anticipation.

Ainsi, *La Ballade de Lila K* est un roman d'anticipation dystopique et non scientifique. La dystopie est une fiction qui décrit une société futuriste où il est impossible d'atteindre le bonheur. Souvent, cet univers présente un caractère terrifiant. En montrant au lecteur l'évolution plausible de la société dans laquelle il vit, l'auteur désire le pousser à une réflexion sur le monde qui l'entoure.

Ses manifestations dans le roman

Dans *La Ballade de Lila K*, la description de la société de la fin du XXIe siècle ou début du XXIIe siècle passe au second plan, derrière l'évolution psychologique largement étudiée du personnage éponyme. Cependant, le portrait de cet univers est dressé par le biais de courts passages, qui permettent de peindre une image globale effrayante :

- **La surveillance extrême**. Dès son plus jeune âge, Lila est observée en permanence par des caméras au Centre, la conduisant à dormir sous son lit pour trouver un peu d'intimité. Une fois sortie de l'établissement, des caméras placées à chaque coin de rue suivent ses mouvements en direct, la contraignant à faire de multiples détours lors de sa promenade avec Milo afin que les personnes qui les observent perdent leur trace.
- **Le contrôle de la population**. Dès qu'une femme est en âge de procréer (ou, dans le cas de Lila, en âge de quitter le Centre pour rejoindre la société active), un implant contraceptif lui est posé de force, afin de permettre un contrôle strict des naissances. Lucienne ne tombe enceinte que lorsque la Commission lui retire son implant suite à l'étude favorable de son dossier.
- **L'eugénisme**. En parallèle à cette régulation des naissances, la société présente une volonté d'éliminer les plus faibles et les malades, ce qui les pousse notamment à obliger les femmes enceintes à se soumettre un éventail de tests génétiques pour déterminer si leur fœtus est atteint d'une maladie ou d'une malformation.

Ainsi, comme dans le cas de Lucienne, si le fœtus n'est pas sain, l'avortement est imposé.

- **La présence d'androïdes**. Des robots de forme et de comportement humain font partie intégrante de la société. Lila les rencontre à deux reprises : l'androïde qu'elle attaque lorsqu'elle apprend la mort de sa mère et son collègue Justinien. Dans les deux cas, Lila n'a pas conscience d'être en interaction avec des androïdes, tant leur ressemblance avec les humains est intense.
- **La Commission**. Mentionnée à demi-mot dans le roman, la Commission désigne l'ensemble des individus qui surveillent la société et établissent des lois de plus en plus contraignantes. Ils forment une congrégation anonyme et omniprésente, qui contrôle le moindre aspect de la vie des résidents sans jamais interagir avec eux.
- **La description de la ville**. Lorsque Lila rejoint enfin la société, elle découvre une ville grise, dépourvue de couleurs. Les bâtiments construits sont immenses (la Grande Bibliothèque, par exemple, est haute de bien plus de cent étages) et surveillés en permanence. Adolescente, lorsqu'elle a pu rendre

visite à Fernand, Lila a dû se déplacer dans une navette de la ville : ces véhicules permettent d'améliorer l'observation des déplacements et d'empêcher la moindre incartade.

LA THÉMATIQUE DE LA CENSURE

Dans *La Ballade de Lila K*, les livres papier sont un bien de plus en plus rare. En effet, la Commission propage depuis des générations l'idée que le papier est nocif pour la santé et que son contact peut provoquer de violentes réactions cutanées. Par conséquent, les livres ont été remplacés par un « grammabook », qui n'est pas sans rappeler nos tablettes ou liseuses actuelles : le lecteur peut accéder à une infinité de contenus et y télécharger ses propres documents, mais chaque utilisation est scrupuleusement surveillée par la Commission.

À la Grande Bibliothèque, une censure est organisée par rapport aux livres et articles papier : ceux-ci sont numérisés par des employés (dont Lila) et parfois amputés de certains passages pour correspondre aux directives de la société. Il s'agit d'une volonté de priver la population d'un accès aux informations et au monde culturel passé qui pourrait les pousser à une réflexion hors des balises préétablies par la société et, à terme, les conduire à la rébellion.

Historiquement, la censure a une origine religieuse : dès le XVIe siècle, les textes blasphématoires sont interdits de publication et leurs auteurs sont très sévèrement punis. Pendant de nombreuses années, chaque texte était soumis à l'approbation finale de l'Église avant sa publication, forçant les auteurs à recourir à des stratagèmes pour faire publier leurs idées : à titre d'exemple, Voltaire (écrivain et philosophe français, 1694 – 1778) transpose l'action de *Zadig ou la Destinée* (conte philosophique, 1747) dans un univers oriental, mais dénonce les travers de la société française de son époque.

Actuellement, comme le note Blandine Le Callet dans une interview pour *Terrafemina*, la censure est toujours présente de façon latente : par exemple, le terme « nègre », désormais jugé raciste aux États-Unis, a été supprimé du roman *Les aventures de Huckelberry Finn* (roman picaresque, 1885) de Mark Twain (écrivain et essayiste américain, 1835 – 1910) pour éviter de choquer, alors qu'il dénote simplement d'une appellation très fréquente qui ne choquait pas à l'époque.

LA FIGURE LITTÉRAIRE DE LA MÈRE

À toutes les époques, la figure de la mère est présente dans les œuvres littéraires. Les déclinaisons de celle-ci sont multiples : la mère nourricière, la mère absente, la mère tyrannique, etc. Dans *La Ballade de Lila K*, Bladine Le Callet propose sa propre version avec le personnage ambivalent de Moïra Steiner, la mère de Lila.

Tantôt qualifiée d'« ange », tantôt de « monstre », la véritable Moïra reste un mystère jusqu'au dénouement du roman, tant pour le lecteur que pour Lila. D'un côté, elle présente plusieurs caractéristiques de la mère aimante :

- À l'annonce de sa grossesse, elle n'hésite pas à dépenser de l'argent qu'elle n'a pas afin d'offrir le meilleur à sa fille.
- Lorsqu'elle se prostitue, elle cherche à protéger son enfant en la dissimulant dans le placard de sa chambre.
- À plusieurs reprises, Lila se souvient de sa mère l'appelant « mon bébé » et lui disant des mots d'amour.
- Le soir, mère et fille dorment ensemble afin de ne pas être séparées par la nuit.
- De l'autre, Moïra représente également la mère négligente :
- Elle oublie régulièrement de nourrir sa fille. Parfois, elle la nourrit à son insu de pâtée pour chats.
- Lila arrive au Centre avec de nombreuses blessures, consécutives du manque de vigilance maternelle.
- Sans penser à sa fille, Moïra se laisse sombrer

dans les drogues et dans l'illégalité. Elle soumet Lila à une enfance sous le sceau de l'inquiétude perpétuelle d'être découverte par les autorités.

Dans le roman, Moïra est omniprésente dans l'esprit de Lila (« Je pensais à elle sans arrêt », p. 23), bien que les souvenirs de l'enfant s'estompent avec les années et les nombreux médicaments qui lui sont administrés. La jeune fille est victime d'un manque perpétuel qui ne fait qu'empirer au fil des ans. Retrouver sa mère devient alors son unique but. Lorsqu'elle se rend compte qu'elle est morte et qu'elle ne la retrouvera jamais, elle pense avoir perdu sa raison de vivre :

> « Tant que je l'imaginais vivante, respirant quelque part, le monde avait un sens, mon existence un but : la retrouver, la rejoindre. À présent, il n'il n'y avait plus rien, que du vide » (p. 264).

Après une lecture approfondie du dossier de sa mère, qui lui permet de découvrir les subtilités de sa personnalité et de raviver des souvenirs de son enfance, elle conçoit cependant qu'elle peut faire son deuil et que sa vie mérite d'être vécue.

L'interprétation de cette figure mystérieuse qui traverse tout le roman reste à l'appréciation finale du lecteur. À travers ce personnage, l'auteur démontre que le lien entre une mère et sa fille est complexe et multiforme.

PISTES DE RÉFLEXION

QUELQUES QUESTIONS POUR APPROFONDIR SA RÉFLEXION...

- À sa sortie du centre, Lila doit se choisir un nom de famille, et opte simplement pour la lettre « K ». À votre avis, qu'est-ce qui motive son choix ?
- En quoi la société dans laquelle évolue Lila vous rappelle-t-elle la société actuelle ?
- Le « grammabook » n'est pas sans rappeler nos tablettes ou liseuses actuelles. Quelle est sa représentation dans le roman ?
- Selon vous, peut-on dire que Fernand joue le rôle de grand frère de Lila ? Justifiez votre réponse.
- Dans son interview à *Terrafemina*, Blandine Le Callet parle de « message politique ». Comment transparait-il dans le roman ?
- Outre ses capacités intellectuelles, en quoi Lila présente-t-elle, selon vous, un caractère exceptionnel ?
- Comparez Fernand et Kauffmann, les deux tu-

teurs de Lila et les deux premières personnes à qui elle fait confiance.

- Blandine Le Callet avoue avoir « voulu que ce soit [le lecteur] qui décide, au bout du compte, si cette histoire est optimiste ou pessimiste ». Pour vous, qu'en est-il ? Justifiez votre réponse.
- En quoi la quête de sa mère est-elle salvatrice pour Lila ?

Votre avis nous intéresse !
Laissez un commentaire sur le site de votre librairie en ligne
et partagez vos coups de cœur sur les réseaux sociaux !

POUR ALLER PLUS LOIN

ÉDITION DE RÉFÉRENCE

- LE CALLET, B., *La Ballade de Lila K*, Stock, 2010.

ÉTUDE DE RÉFÉRENCE

- DEFFRENES, M., *Blandine Le Callet : « Il y a un message politique dans La Ballade de Lila K »*, *Terrafemina*, http://www.terrafemina.com/culture/livres/articles/20235-blandine-le-callet-il-y-a-un-message-politique-dans-la-ballade-de-lila-k.html, consulté en novembre 2018.

Retrouvez notre offre complète sur lePetitLittéraire.fr

- des fiches de lectures
- des commentaires littéraires
- des questionnaires de lecture
- des résumés

ANOUILH
- Antigone

AUSTEN
- Orgueil et Préjugés

BALZAC
- Eugénie Grandet
- Le Père Goriot
- Illusions perdues

BARJAVEL
- La Nuit des temps

BEAUMARCHAIS
- Le Mariage de Figaro

BECKETT
- En attendant Godot

BRETON
- Nadja

CAMUS
- La Peste
- Les Justes
- L'Étranger

CARRÈRE
- Limonov

CÉLINE
- Voyage au bout de la nuit

CERVANTÈS
- Don Quichotte de la Manche

CHATEAUBRIAND
- Mémoires d'outre-tombe

CHODERLOS DE LACLOS
- Les Liaisons dangereuses

CHRÉTIEN DE TROYES
- Yvain ou le Chevalier au lion

CHRISTIE
- Dix Petits Nègres

CLAUDEL
- La Petite Fille de Monsieur Linh
- Le Rapport de Brodeck

COELHO
- L'Alchimiste

CONAN DOYLE
- Le Chien des Baskerville

DAI SIJIE
- Balzac et la Petite Tailleuse chinoise

DE GAULLE
- Mémoires de guerre III. Le Salut. 1944-1946

DE VIGAN
- No et moi

DICKER
- La Vérité sur l'affaire Harry Quebert

DIDEROT
- Supplément au Voyage de Bougainville

DUMAS
- Les Trois
  Mousquetaires

ÉNARD
- Parlez-leur
  de batailles,
  de rois et
  d'éléphants

FERRARI
- Le Sermon sur la
  chute de Rome

FLAUBERT
- Madame Bovary

FRANK
- Journal
  d'Anne Frank

FRED VARGAS
- Pars vite et
  reviens tard

GARY
- La Vie devant soi

GAUDÉ
- La Mort du
  roi Tsongor
- Le Soleil des
  Scorta

GAUTIER
- La Morte
  amoureuse
- Le Capitaine
  Fracasse

GAVALDA
- 35 kilos d'espoir

GIDE
- Les
  Faux-Monnayeurs

GIONO
- Le Grand
  Troupeau
- Le Hussard
  sur le toit

GIRAUDOUX
- La guerre de
  Troie
  n'aura pas lieu

GOLDING
- Sa Majesté des
  Mouches

GRIMBERT
- Un secret

HEMINGWAY
- Le Vieil Homme
  et la Mer

HESSEL
- Indignez-vous !

HOMÈRE
- L'Odyssée

HUGO
- Le Dernier Jour
  d'un condamné
- Les Misérables
- Notre-Dame
  de Paris

HUXLEY
- Le Meilleur
  des mondes

IONESCO
- Rhinocéros
- La Cantatrice
  chauve

JARY
- Ubu roi

JENNI
- L'Art français
  de la guerre

JOFFO
- Un sac de billes

KAFKA
- La Métamorphose

KEROUAC
- Sur la route

KESSEL
- Le Lion

LARSSON
- Millenium I. Les
  hommes qui
  n'aimaient pas
  les femmes

LE CLÉZIO
- Mondo

LEVI
- Si c'est un
  homme

LEVY
- Et si c'était vrai…

MAALOUF
- Léon l'Africain

MALRAUX
• La Condition
  humaine

MARIVAUX
• La Double
  Inconstance
• Le Jeu de l'amour
  et du hasard

MARTINEZ
• Du domaine
  des murmures

MAUPASSANT
• Boule de suif
• Le Horla
• Une vie

MAURIAC
• Le Nœud
  de vipères

MAURIAC
• Le Sagouin

MÉRIMÉE
• Tamango
• Colomba

MERLE
• La mort est
  mon métier

MOLIÈRE
• Le Misanthrope
• L'Avare
• Le Bourgeois
  gentilhomme

MONTAIGNE
• Essais

MORPURGO
• Le Roi Arthur

MUSSET
• Lorenzaccio

MUSSO
• Que serais-je
  sans toi ?

NOTHOMB
• Stupeur et
  Tremblements

ORWELL
• La Ferme
  des animaux
• 1984

PAGNOL
• La Gloire de
  mon père

PANCOL
• Les Yeux jaunes
  des crocodiles

PASCAL
• Pensées

PENNAC
• Au bonheur
  des ogres

POE
• La Chute de la
  maison Usher

PROUST
• Du côté de
  chez Swann

QUENEAU
• Zazie dans
  le métro

QUIGNARD
• Tous les matins
  du monde

RABELAIS
• Gargantua

RACINE
• Andromaque
• Britannicus
• Phèdre

ROUSSEAU
• Confessions

ROSTAND
• Cyrano de
  Bergerac

ROWLING
• Harry Potter à
  l'école des sor-
  ciers

SAINT-EXUPÉRY
• Le Petit Prince
• Vol de nuit

SARTRE
• Huis clos
• La Nausée
• Les Mouches

SCHLINK
• Le Liseur

SCHMITT
- La Part de l'autre
- Oscar et la
  Dame rose

SEPULVEDA
- Le Vieux qui
  lisait des romans
  d'amour

SHAKESPEARE
- Roméo et Juliette

SIMENON
- Le Chien jaune

STEEMAN
- L'Assassin
  habite au 21

STEINBECK
- Des souris et
  des hommes

STENDHAL
- Le Rouge et
  le Noir

STEVENSON
- L'Île au trésor

SÜSKIND
- Le Parfum

TOLSTOÏ
- Anna Karénine

TOURNIER
- Vendredi ou
  la Vie sauvage

TOUSSAINT
- Fuir

UHLMAN
- L'Ami retrouvé

VERNE
- Le Tour
  du monde
  en 80 jours
- Vingt mille
  lieues sous
  les mers
- Voyage au
  centre de
  la terre

VIAN
- L'Écume des jours

VOLTAIRE
- Candide

WELLS
- La Guerre des
  mondes

YOURCENAR
- Mémoires
  d'Hadrien

ZOLA
- Au bonheur
  des dames
- L'Assommoir
- Germinal

ZWEIG
- Le Joueur
  d'échecs

ISBN version numérique : 9782808015059
ISBN version papier : 9782808015066
Dépôt légal : D/2018/12603/513

Conception numérique : Primento,
le partenaire numérique des éditeurs.

Ce titre a été réalisé avec le soutien de la Fédération Wallonie-Bruxelles, Service général des Lettres et du Livre.